Is he
inside the
clock?

क्या वह
घन्टे के
अन्दर है?

Is he
in the
piano?

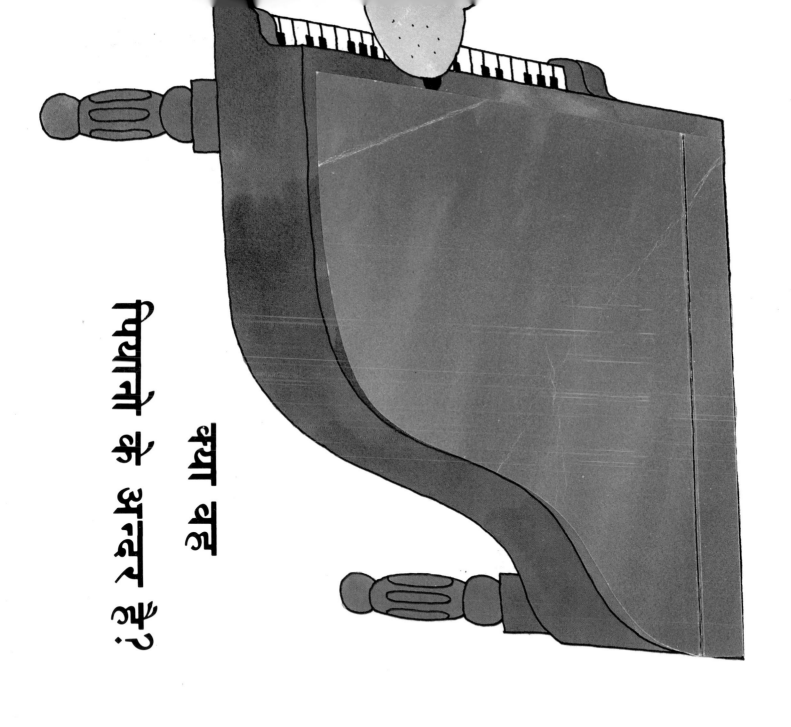

क्या वह पियानो के अन्दर है?

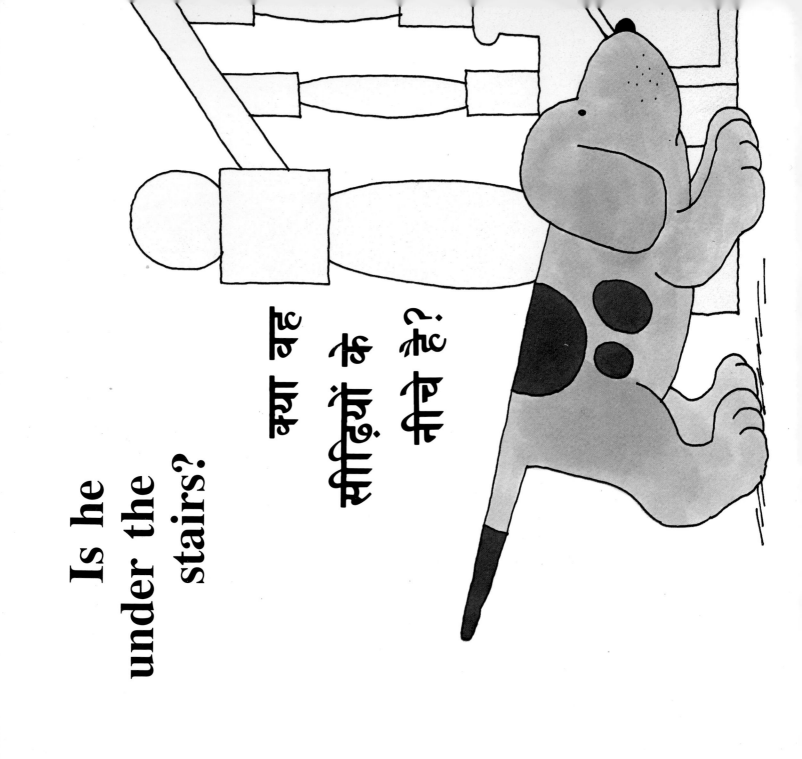

Is he
under the
stairs?

क्या वह
सीढ़ियों के
नीचे है?

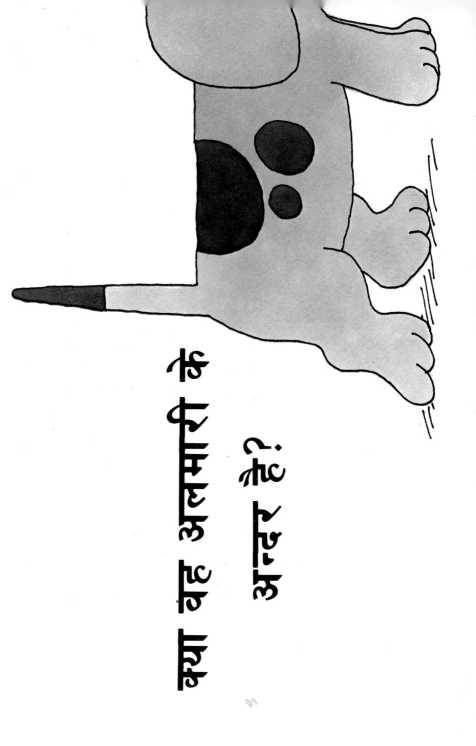

Is he
in the wardrobe?

क्या वह अलमारी के
अन्दर है?

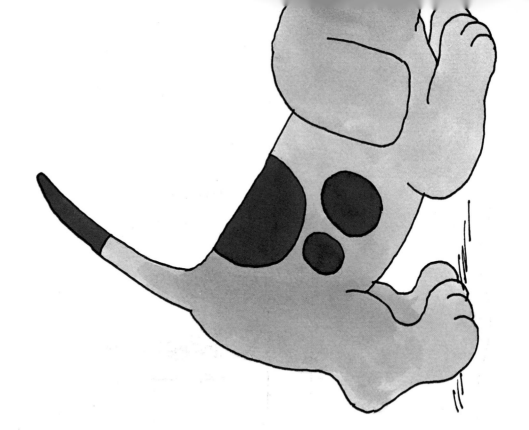

Is he under the bed?

क्या वह
पलंग के
नीचे है?

Is he in the box?

क्या वह संदूक के अन्दर है?

There's Spot!
He's under
the rug.

अरे वह रहा!
कम्बल के
नीचे है!

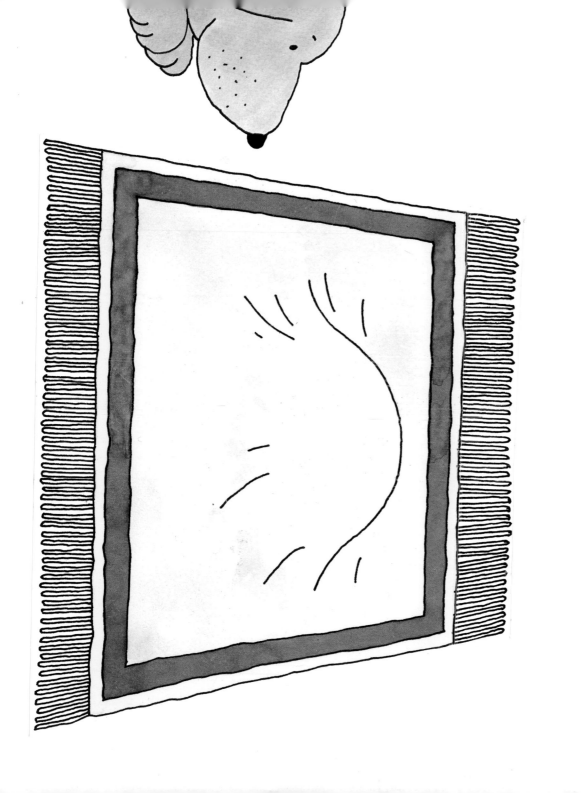

Good boy, Spot.
Eat up your
dinner!